每個靈魂來到地球
都是帶著很大的禮物來相遇彼此

哈！我就這樣遇到了你

獻給

一直不想長大的你
仍保有童心的你

喜歡動物的你
風雨無阻照顧毛孩子的
偉大愛媽

還有..還有
心甘情願當貓奴的你

想跟你說

抱
一
下

我是Penny
　雲飛得很快的那個夏天
我遇到了一隻超級聰明
　智商跟人類差不多的貓
我的生活就從那一刻開始悄
　　悄的改變了⋯⋯

我叫朵朵
　　那年的夏天風特別大
我遇到了一位讓我感覺到很溫暖
的人類，我來到地球的時間裡她
　成為我很美好的相遇

Penny
序言

有貓的地方我會害怕，當貓走向我
或是靠近，我會崩潰尖叫
而且最怕聽到貓咪咕嚕咕嚕
的聲音，從小養狗狗的我，真的超害怕貓

那個夏天，遇到朵朵後，這些症狀瞬間
消除，這是第一次我感受到傳說中，
貓咪都有一種"神奇的力量"，
沒想到在我的生命裡，就遇到了這隻非常特別
的貓，朵朵。

每個動物來到地球都有專屬的任務要貢獻。
在跟朵朵生活中，我明白了，原來貓咪來地球
要貢獻的是這三件事。

『慢慢來』

『享受生活』

『忠於自己』

慢慢來

吃東西的時候要慢慢來

散步的時候要慢慢來

慢慢來的時候，心才會靜下來

坐在小船飄一飄

這裡有四季，四種溫度

植物與音樂還有好多笑聲

啊！還有很多好吃的食物

享受生活

忠於自己

還是很喜歡抓這些

野生動物呀，做自己喜歡的事

就會很有活力

身體就會很有能量

請繼續做自己喜歡的事情喔

朵朵的身上總是散發著溫暖，她做自己，

也充滿熱情，她對這個世界好奇，

喜歡發掘，勇於嘗試

她也會安靜很久很久，然後突然靠近我

給我一個大撒嬌。

她，活在當下。

這不就是大師嗎？一位大師的樣子。

這個地球需要更多的擁抱

在我們的生活的那幾年時間，朵朵就
像是我的老師，透過她這面鏡子，
我看到了自己情緒，
包含了脆弱與勇敢。

可以將動物給予人類的智慧與愛
透過抱抱卡與繪本的方式呈現，我一
直相信這是朵朵期待我做的事。

[It's my pleasure]

人在脆弱需要一份很簡單的力量
叫做 [擁抱]
人在勇敢的時候，需要一份肯定的力量
那是 [擁抱]

抱抱卡使用說明書

抱抱卡的誕生是為了給予生活中
一份 " 指引 " 的力量
為我們的生活、關係、事件
一個簡單有智慧的方式找到出口

藍色的盒子裡一共有40張牌卡，每一張
牌卡帶著童趣與輕鬆的畫面，充滿想像
空間，豐富的顏色與每一句指引，
這些細節可能成為你訊息的一部分
會為你帶入不同感受，與不同的念頭。
再從這些感覺裡對應卡片所要給你的訊息
與指引，你將會擁有40種力量的陪伴。

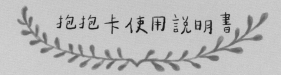

你可以將牌卡訊息轉換成上天的支持、
心愛的寵物要跟你說的話、或是一個事
件、關係、卡住生活的難題，
或是你很好呀，只是單純的想要一個指
引，這套卡片可以協助你在生活中找到
新洞見，輕易的收到指引，每一張牌
卡都有無限的解讀。

抽牌卡 → 問題 → 卡片訊息

將開放性的問題，在心中想過一次，隨意抽一張牌，感覺圖像與文字，帶著直覺與信任，感覺卡片要給你什麼支持的話語。

使用方式1

問"問題"的小技巧

有特定的問題需要指引，將問題在心中想過一次，注意喔，問題是開放性的，
也就是說，不是要牌卡給予你一個確定的答案，而是指引，一個方向、一個支持。
舉例來說：

❀ 最近在感情上讓我覺得不開心，
→ 請問我要不要分手？

這是一個封閉性的問題✕✕✕
想要讓牌卡為你做決定，這就是一個錯誤的問法喔
所以你可以這樣說，
最近在情感上讓我不開心，請牌卡給我一個指引，
讓我可以知道如何在關係上創造開心的情感

只要記住，是開放性的問法

這個方法簡單有力量喔。
　不用問任何問題，
隨意抽一張卡，看看有什
　麼指引要告訴你。

使用方式 2

使用方式 3

任意抽出5張牌，選出你最喜歡的一張
卡，然後用直覺感覺並且探索這張圖裡
的細節來接收指引。

你不需要太燒腦喔

抱抱卡的設計是以讓使用者
能獲得充滿溫暖的支持為出發點，
　可以將過去所學的關於牌卡規矩與步驟都暫時
　放一邊，使用上不需要有太多的限制與對錯，
　而是帶著更多的創意與信任來使用抱抱卡。

抱抱卡還可以這樣使用喔

1. 成為小卡片或禮物

支持身邊的朋友或是重要的人，在生日或是
重要時刻送給他40種抱抱的力量。

2. 課程工具

心靈課程、幼兒、內在小孩、大朋友之間的聚會，都適
合抽一張卡，代表自己，40種不同方式的連結，
很容易讓氣氛變得開放與輕鬆。

3. 正向支持語

放在玄關入口、店家擺設、床頭邊，不同
的位置創造一份溫暖的裝飾，也讓童趣的
繪圖與文字為空間充滿溫度與美感。

4. 寵物溝通

寵物與主人之間的一個溝通工具，讓彼此的愛，透過
抱抱卡成為一個媒介，明白彼此心裡想說的話。

5. 親子溝通的橋樑

讓孩子選一張代表他最近的心境，或是孩
子生活中想要創造的狀態，藉由抱抱卡
在親子溝通上創造有趣與儀式感的溝通。

故事是這樣開始的

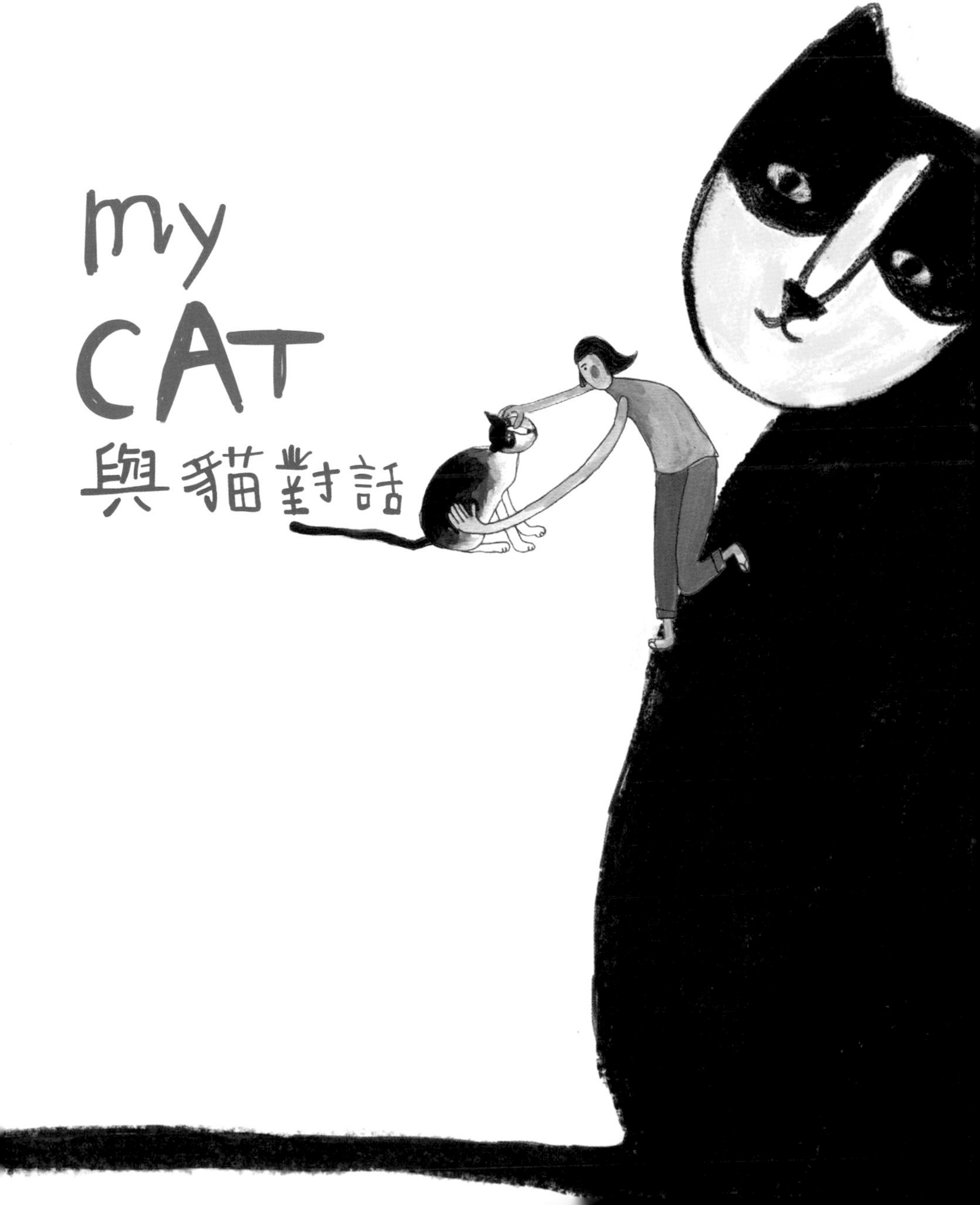
my
CAT
與貓對話

在這條街裡，有很多跟我一樣的流浪貓，
很奇怪，有些貓的右耳都會少一塊。

我 就 是 這 樣……

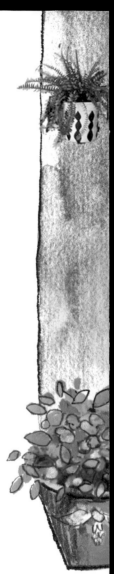

 這幾天，
有新的朋友搬來我的區域裡，
要當我的鄰居。

新的環境有很多流浪貓，
其中有一隻貓最不怕人，
話也最多，所以我叫牠 "朵朵"

牠常常進來屋子裡時，
就會用力大喊一聲喵～～

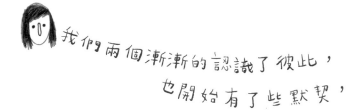
我們兩個漸漸的認識了彼此，
也開始有了些默契，
每當我喊著：朵朵～～
牠就會出現在我面前。

認識彼此之後，
我們喜歡在一起做些我們喜歡的事，
最常聽見Penny說：怎麼那麼幸福呀！

喜歡在屋頂上吹風、睡覺、
看他們在忙些什麼？
現在到了吃飯時間就會有人這樣叫我。

朵朵下來吃飯

在外面玩來玩去的我，
身上的毛難免髒髒的呀，
每隔一段時間，我就會被抓去洗澡，
我可以自己把毛舔乾淨，
幹嘛要幫我洗呢？

我好想念在天堂的狗狗。
養了又很怕失去牠呀！

要不要養朵朵，
這個問題在我心裡糾結很久。

因為工作要常要出國，
如果養了朵朵，
那牠自己在家怎麼辦呢？

算了！還是別想這件事好了。

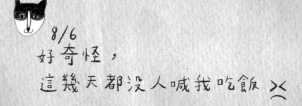

8/6
好奇怪，
這幾天都沒人喊我吃飯 ✕‿

8/7
在附近等了好久，
　　　　怎麼都沒人在？

都隔了那麼多天了，門還是鎖起來。
8/10

8/15
不知道她去哪了？
她還會再回來嗎……

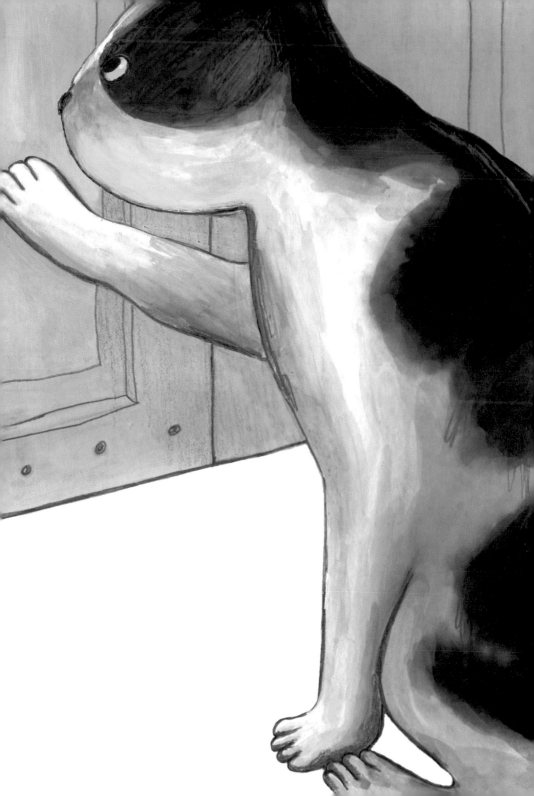

出差回來第一件事，就是飛奔來看看朵朵，
但是，不管我怎麼叫、怎麼找、就是不見牠出現。

我開始變得很焦慮，
心裡不斷自責自己，
不管我怎麼做，
心情都無法平靜下來。

又過了兩天，朵朵還是沒出現，
牠跑去哪了呢？
是被別人抱走了嗎？
還是去別處玩了嗎？
或是出了什麼意外嗎？

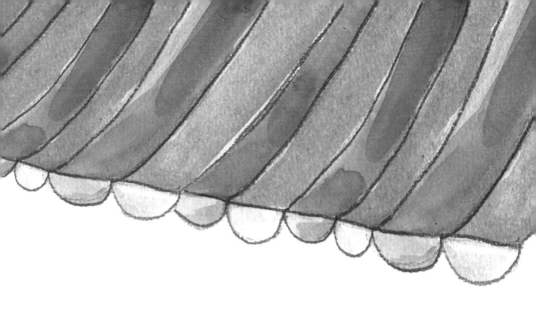

一位朋友來找我，看我好像有心事，
跟她聊天後的隔一天，
收到她給我的一封信，

上面寫著，給我神奇支持的力量

第一步驟
神奇支持的力量

親愛的Penny
這封信件只有一個遊戲規則
就是跟著直覺回答信件的問題

To Penny

Q：最近誰讓我難過
A：朵朵

Q：如果可以重來，妳希望....
A：希望朵朵告訴我，牠要去哪裡

Q：牠是怎樣的一隻貓
A：牠很獨立、自由、
卻也想要有人愛牠、照顧牠

moon

第二步驟
神奇支持的力量

親愛的Penny
現在請妳對調一下角色
關係就像一面鏡子

看看會發生什麼事

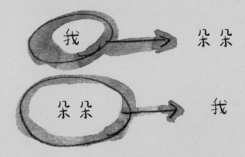

Q：最近誰讓朵朵難過
A:我

Q：如果可以重來，朵朵希望妳⋯⋯
A:告訴牠，我要去哪裡

Q：我是怎樣的人
A:我很獨立、自由、
卻也想要有人愛我、照顧我

妳的離開，讓我有莫名的孤獨感

我心中的難過再也忍不住，
原來，要離開都沒說一聲的人是我，

我跟老天爺說：
讓朵朵回來，
我一定會承諾愛牠。

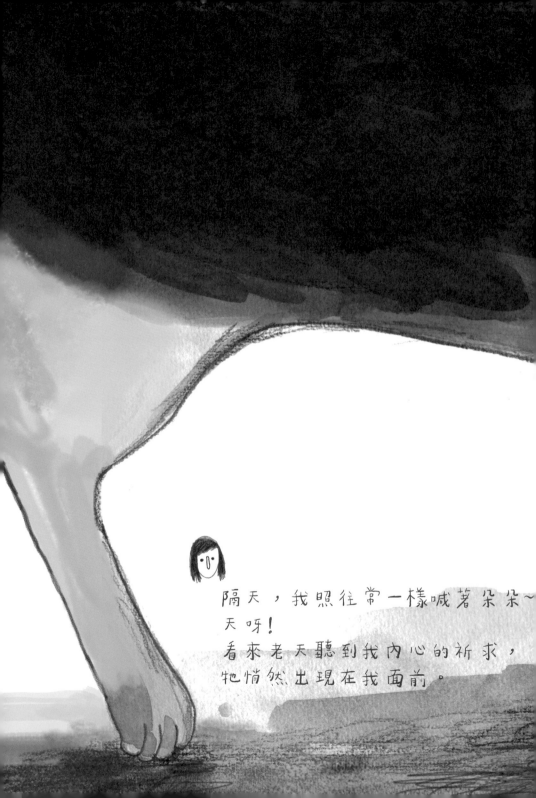

隔天，我照往常一樣喊著朵朵~
天呀！
看來老天聽到我內心的祈求，
牠悄然出現在我面前。

我很想知道這些日子牠都去了哪裡，
所以我便悄悄跟在牠的後面。

哈！我笑了，朵朵有很多可爱的朋友

原來牠跟每個人都很好，
應該不需要我來照顧牠吧！
我心裡這麼想。

雜貨店
小黑白

這裡到處都是我的家，
他們都是這樣叫我的……

設計公司
朵朵

偶爾也要跟朋友喝一杯

朵朵帶我去了
很多很酷的地方，每個地方都
有一個療癒的功能

歡樂之地
ー ー ー ー ー
有煩惱的人就來這裡
因為這裡有很多歡笑
有歡笑的地方，煩惱就會離開

放鬆之地

9格池子的海水，
擁有9種不同的能量，
把腳放在海水裡，
讓月光與海水放鬆你的身體。

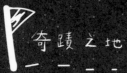

奇蹟之地

人類要更相信奇蹟，
而不是相信宿命，
每天凌晨 2:30
來這裡接收奇蹟的能量吧。

許願之地

這個山谷，叫做忘憂谷，
走到台階第三階，
當你感覺到一陣風吹向你的時候，
快點許願，你的願望將會實現。

當我醒來後，
才發現....
是一場夢。

有一天晚上，
吃完了一個陌生人的大餐，
吃到一半，我覺得味道怪怪的。

隔天我被送進醫院了，
我知道我中毒的很嚴重。

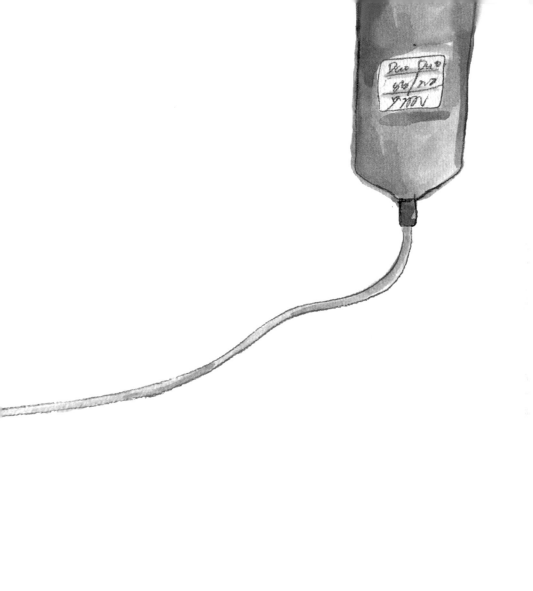

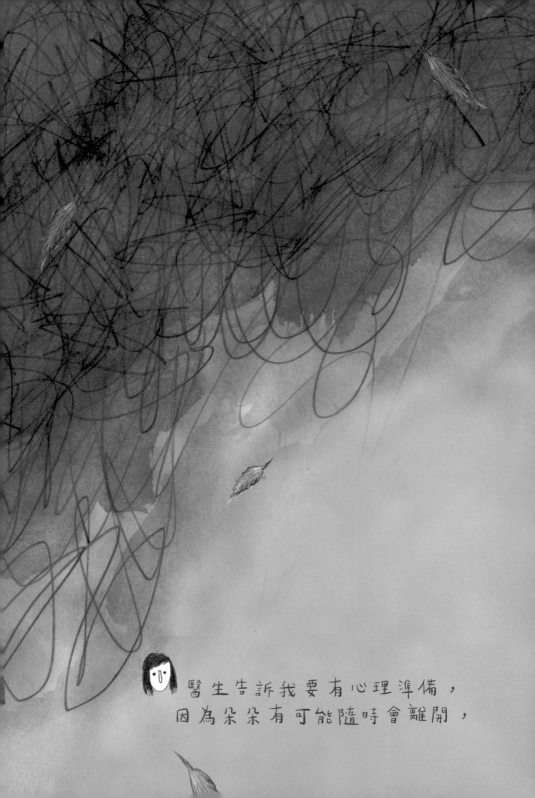

醫生告訴我要有心理準備，
因為朵朵有可能隨時會離開，

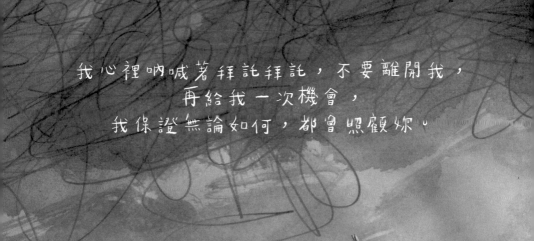

我心裡吶喊著拜託拜託，不要離開我，
再給我一次機會，
我保證無論如何，都會照顧妳。

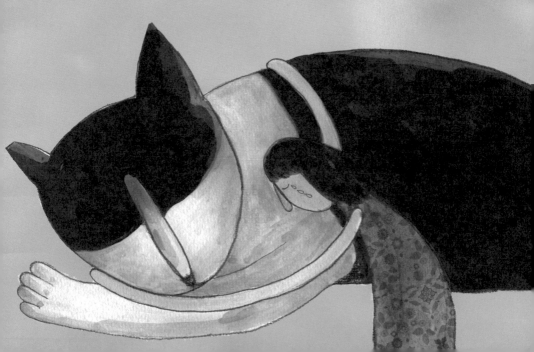

這是我第二次面對永遠失去牠的恐懼，
難道這當中隱藏著什麼訊息嗎？

突然間，
我想起了夢境裡的許願之地。

我走到第三階梯時，
突然來了一陣微微的風......

 一住就是七天。

　　醫生說了關於我從小到大的故事，
　流浪貓被結紮後會剪去右耳尖做為記號。

　　原來，我的耳朵少一塊就是這麼回事。

 還說我小時候抓老鼠的事，

那天的狀況是這樣的，我蹲在這快半個小時，
大家都好奇我在看什麼，
其實我只是想抓水溝蓋下的一隻老鼠，
之後我成為這裡最受商家歡迎的貓，
因為我很會抓老鼠。

終於出院了，回到我的家，
我們找到一起生活的方式，
我可以在家玩，也會出去散步，
我有我自己的床，有我自己的碗，
他們都很疼我。

有的時候分不清楚，
是我陪朵朵，還是朵朵陪我。

吃著，吃著
就變胖了

海邊的風吹進來屋子裡，
我喜歡這個味道。

在牠身上學會放鬆，
學會體驗這個當下的感覺，

學會
慢　慢　來

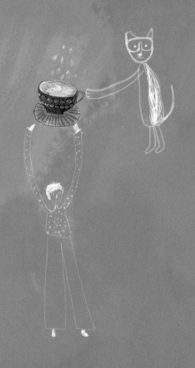

離開都市後
我們都很享受
在海邊的日子

深呼吸
深吐氣

 慢慢來
慢慢來

我明白了，老天要我在妳身上學會承諾，
在妳身上學會了無條件的愛，
認真聽妳每一個聲音，
就算妳不跟我撒嬌，就算妳會跟我打架，
就算妳有時候怎麼叫也不理就驕傲的離去，
我一樣會愛妳。

我更投降了關於妳是這麼有個性的一隻貓，
這是老天給我的功課也是一個很棒的禮物。

妳不在我身邊的時候，
也許妳是去抓蝴蝶了，
或是正舒服的曬著太陽，
也有可能妳正在吃野味大餐，
但我相信讓妳自由的，
是我對妳承諾的愛。

從來沒有停止過想念妳
這些美好的相遇
就是從雲飛得很快，
風特別大的那個夏天開始的，

謝謝妳的陪伴，
謝謝妳出現在我生命裡。

my CAT
與貓對話

作　　者／Penny&Angels
　　　　　Facebook：Penny&Angels
責任編輯／賴曉玲
版　　權／黃淑敏、翁靜如
行銷業務／闕睿甫、王瑜
總 編 輯／徐藍萍
總 經 理／彭之琬
發 行 人／何飛鵬
法律顧問／元禾法律事務所　王子文律師
出　　版／商周出版
地址：台北市中山區104民生東路二段141號9樓
電話：(02) 2500-7008　　傳真：(02)2500-7759
E-mail：bwp.service@cite.com.tw
發　　行／英屬蓋曼群島商家庭傳媒股份有限公司城邦分公司
台北市中山區104民生東路二段141號2樓
書虫客服服務專線：02-2500-7718 · 02-2500-7719
24小時傳真服務：02-2500-1990 · 02-2500-1991
服務時間：週一至週五09:30-12:00 · 13:30-17:00
郵撥帳號：19863813　戶名：書虫股份有限公司
讀者服務信箱：service@readingclub.com.tw
城邦讀書花園：www.cite.com.tw
香港發行所／城邦（香港）出版集團有限公司
香港灣仔駱克道193號東超商業中心1樓
E-mail：hkcite@biznetvigator.com
電話：(852) 25086231　傳真：(852) 25789337
馬新發行所／城邦（馬新）出版集團
Cité (M) Sdn. Bhd.
41, Jalan Radin Anum, Bandar Baru Sri Petaling,
57000 Kuala Lumpur, Malaysia
電話：(603) 9057-8822　　傳真：(603) 9057-6622
包裝設計／維莉圖像設計工作室
美術設計／Penny&Angels
印　　刷／卡樂製版印刷事業有限公司
總 經 銷／聯合發行股份有限公司
地　　址／新北市231新店區寶橋路235巷6弄6號2樓
電話：(02) 2917-8022
傳真：(02) 2911-0053
⊕2019年5月7日初版　　Printed in Taiwan
定價／1350元
ISBN 978-986-477-634-4

國家圖書館出版品預行編目(CIP)資料

與貓對話／Penny&Angels著.
-- 初版. -- 臺北市：商周出版：
家庭傳媒城邦分公司發行, 2019.05
ISBN 978-986-477-634-4（平裝）
855　　108002418